ALMA FLOR ADA ✳ F. ISABEL CAMPUY

Teatrín de

DON CRISPÍN

Ilustradores

MARÍA EUGENIA JARA

La gallina Josefina

CLAUDIA LEGNAZZI

El cumpleaños de Serafina

FELIPE UGALDE

Amiga hormiga

ALFAGUARA
Infantil

© Del texto: 2001, Alma Flor Ada y F. Isabel Campoy
© De esta edición:
2001, Santillana USA Publishing Company, Inc.
2105 NW 86th Avenue
Miami, FL 33122

Alfaguara es un sello editorial del **Grupo Santillana.**
Éstas son sus sedes:

ARGENTINA, BOLIVIA, CHILE, COLOMBIA, COSTA RICA,
ECUADOR, EL SALVADOR, ESPAÑA, ESTADOS UNIDOS,
GUATEMALA, MÉXICO, PANAMÁ, PERÚ, PUERTO RICO,
REPÚBLICA DOMINICANA, URUGUAY Y VENEZUELA.

ISBN: 1-58105-653-2

Teatro B: *Teatrín de Don Crispín*

Dirección editorial: Norman Duarte
Cuidado de la edición: Isabel Mendoza y Claudia Baca

Dirección de arte: Felipe Dávalos
Diseño: Petra Ediciones

ILUSTRADORES
MARÍA EUGENIA JARA: pp. 6-13
CLAUDIA LEGNAZZI: pp. 14-25
FELIPE UGALDE: pp. 5, 26-32

ÍNDICE

A Diego, Conchi-Loli y José.
A Oscar y Arturo Coronado.
Amantes y amados todos del teatro.

¡Arriba el telón!

¿Hay en algún rincón de tu casa
una chaqueta,
una corbata,
una cartera,
que te conviertan en profesor?

¿Hay una tela que sirva de telón?
¿Hay un sombrero
y, quizás, un bastón?

Si puedes encontrar esas cosas,
búscate una voz por dentro,
y ¡que empiece la función!

La gallina Josefina

Versión teatral de F. Isabel Campoy

PERSONAJES
NARRADOR
DON GALLO
TRES CERDITOS
GALLINA JOSEFINA
POLLITOS
EL SEÑOR LOBO

Narrador:
En aquella granja todo el mundo vivía feliz.

Don Gallo:
Quiquiriquí. ¡Buenos días, amigos!

Cerdito Uno:
Oinc.

Cerdito Dos:
Oinc, Oinc.

Cerdito Tres:
Oinc, oinc, oinc.

Narrador:

Pero la que siempre se veía más feliz era la gallina Josefina. A ella le gustaba mucho coser.

Gallina Josefina:

¿Quién ha visto mi delantalito blanco?
¿Quién ha visto mis tijeras y mi hilo blanco?

Narrador:

Josefina tenía un delantal. En el delantal tenía un bolsillito. En el bolsillito tenía un dedal, unas tijeras y muchos hilos de colores para bordar.

Pollitos:

Tu delantal está colgado en el portal.

Cerditos:

Está colgado en el portal.

Don Gallo:

¡En el portal! ¡En el portal!

Narrador:

Josefina cosía y cantaba.
Y mientras cosía cantaba,
no se enteraba de nada.
Ella cosía y cosía sin darse
cuenta de que el señor Lobo
la espiaba...

8

Señor Lobo:

¡Mira qué gallina tan hermosa!
Me la comeré enterita en la cena.

Narrador:

Y de un zarpazo, el terrible señor Lobo metió
a Josefina en su saco y se la llevó.

Señor Lobo:

¡Qué gallina tan hermosa!
Me la comeré con gaseosa.
La meteré en una olla.
Y le echaré mucha cebolla.

Narrador:

Y así, pensando, pensando, el lobo se alejó de la granja. Cuando llegó al bosque, dijo:

Señor Lobo:

¡Cómo pesa este saco! Me echaré a descansar.

Narrador:

El señor Lobo se durmió y empezó a roncar.

Señor Lobo: *(Roncando.)*
¡Ron, ron, fu! ¡Ron, ron, fu!

Narrador:
La gallina Josefina estaba asustadísima dentro
del saco. Pensó en su delantalito, sus tijeras,
su dedal y el hilo para bordar.

Gallina Josefina: *(Muy bajito.)*
Cortaré el saco, meteré una
piedra, coseré el saco y me iré volando.

Narrador:
Cuando el señor Lobo despertó, cogió el saco
y se puso otra vez en camino.

Narrador:

Al llegar a su casa, puso una olla con agua
a calentar. Y mientras pelaba la cebolla,
cantaba:

Señor Lobo:

¡Qué gallina tan hermosa!
Me la comeré con gaseosa.
La meteré en una olla.
Y le echaré mucha cebolla.

Narrador:

Cuando el agua estuvo muy caliente, tan caliente
que hervía a borbotones, el señor Lobo
abrió el saco sobre la olla, y la piedra
en el agua hirviendo le salpicó
de arriba a abajo.

Señor Lobo:

¡Socorro! ¡Auxilio!

12

Narrador:
El señor Lobo salió corriendo y gimiendo...

Señor Lobo:
Ya no quiero sopa
que me he quemado.
La gallina encebollada
me ha salpicado,
y ahora estoy todo,
todito pelado.

13

El cumpleaños de Serafina

por Alma Flor Ada

PERSONAJES

CONEJO SEBASTIÁN

CONEJITA SERAFINA

CONDUCTOR DEL TREN

UN GATO

UN PERRO

ARDILLAS

VARIOS CONEJITOS Y CONEJITAS

ACTO 1

*En la casa
de Sebastián.*

*(Se oye el despertador
y Sebastián se levanta
muy apresurado.
Mira el reloj y se echa a correr.)*

Sebastián:

Es tarde, muy tarde.
¿Cómo es posible?
Si no me apresuro
perderé el tren.

Sebastián: *(Está saliendo y regresa a cepillarse los dientes.)* ¿Cuándo se ha visto que un conejo salga de casa sin cepillarse los dientes?

(Se oye el silbato del tren.)

Sebastián: *(Corriendo.)* No puedo perder ese tren.

15

ACTO 2

En el tren.

Sebastián: *(Acongojado.)*
¡No puedo creerlo!
Me he dejado el regalo de Serafina.
¿Cuándo se ha visto que un conejo
vaya al cumpleaños de su mejor amiga
sin un regalo?

Sebastián: *(Sacando el monedero.)*
Menos mal que no se me quedó el monedero.
Le compraré un regalo.

Conductor del tren:
En cinco minutos llegaremos a Villa Conejil.

ACTO 3

En Villa Conejil.

Sebastián: *(Triste, con la cabeza gacha.)*
Todas las tiendas están cerradas.
¿Qué voy a hacer?
¿Cuándo se ha visto que un conejo
vaya al cumpleaños de su mejor amiga
sin un regalo?

(Llega a una huerta de lechugas.)

Sebastián:
¡Lechugas!
¡Qué bueno!
A Serafina le encantan las lechugas...

El perro: *(Ladrando ferozmente.)*
Si quieres tu piel de conejo,
¡no se te vaya a ocurrir entrar aquí...!

(Se marcha rápidamente, muy asustado.)

Sebastián:
¡Qué pena!
Yo que creía haber encontrado un regalo...

(Llega a una huerta de coles.)

Sebastián:
A Serafina no le gustan mucho las coles...
Pero, cuando no hay lechugas,
buenas serán coles.

*(Cuando se acerca a las coles, aparece
un gato temible.)*

El gato: *(Maullando con furia.)*
Si quieres tu vida,
¡no se te vaya a ocurrir entrar aquí...!

*(Sebastián se marcha rápidamente,
asustadísimo.)*

ACTO 4
En el bosque.

Sebastián: *(Sentado bajo un árbol,*
tomando aliento.)
Menos mal que me he escapado
de ese perro y ese gato.
Pero, ¡qué pena! Ni siquiera una col
voy a poder llevarle a Serafina.
¿Cuándo se ha visto que un conejo no
tenga un regalo para la mejor amiga?

(Cae una nuez del árbol y lo golpea. Sebastián se da cuenta de que se ha sentado bajo un nogal, repleto de nueces. Hay muchas nueces en el suelo.)

Sebastián:

¡Menos mal que he encontrado algo! Le llevaré unas nueces...

(Empieza a llenar su gorra de nueces. Aparecen varias ardillas chillando.)

Primera ardilla:

¡Ladrón, no te lleves las nueces!

Segunda ardilla:

¡Son nuestras! ¡Todas son nuestras!

Tercera ardilla:

Las guardamos para el invierno. ¡Son la comida de nuestros hijitos!

(Sebastián vacía su gorra y se aleja apenadísimo, con la cabeza gacha.)

Little Critters

Ants

by Lisa J. Amstutz

CAPSTONE PRESS
a capstone imprint

Little Pebble is published by Capstone Press,
1710 Roe Crest Drive, North Mankato, Minnesota 56003
www.mycapstone.com

Library of Congress Cataloging-in-Publication Data
Names: Amstutz, Lisa J., author.
Title: Ants / by Lisa Amstutz.
Description: North Mankato, Minnesota : Capstone Press, [2017] | Series:
   Little pebble. Little critters | Audience: Ages 4-8.? | Audience: K to
   grade 3.? | Includes bibliographical references and index.
Identifiers: LCCN 2016001317| ISBN 9781515719366 (library binding) | ISBN
   9781515719403 (pbk.) | ISBN 9781515719441 (ebook pdf)
Subjects: LCSH: Ants-—Juvenile literature.
Classification: LCC QL568.F7 A47 2017 | DDC 595.79/6—dc23
LC record available at http://lccn.loc.gov/2016001317

Editorial Credits
Carrie Braulick Sheely, editor; Juliette Peters, designer;
Wanda Winch, media researcher; Tori Abraham, production specialist

Photo Credits
Dreamstime: Ryszard Laskowski, 17, Tonyoquias, 8; Minden Pictures: Mark Moffett, 15, Piotr Naskrecki,
5; Shutterstock: Andrey Pavlov, 7, Evgenii Zakraka, leaves on yard photo used as background throughout
book, Hamik, 9, Henrik Larsson, back cover (ants), 3, 10, 21, 24, Lefteris Papaulakis, 11, Meister Photos,
1, Peter Kai, 22, Picksfive, note design, skynetphoto, cover, sunipix55, 19, Tobias Naumann, 13

Printed in China.
007690

Table of Contents

Ant Bodies

Hurry! Ants rush by.

They carry food.

Ants are busy!

Ants have three main
body parts.
They have six legs.

head

thorax

abdomen

Some ants are red or yellow.

Others are black or brown.

Ant Homes

Ants may make nests underground or inside tree trunks. Some make big mounds.

Lots of ants live

in each nest.

They work together.

Work, Work

Most ants are workers.

They find food.

Workers carry food
to the nest.
They feed the young.

Baby Ants

The queen ant lays tiny eggs.
A worm-like larva grows
in each egg. It wiggles out.

The larva makes a soft shell around itself. Inside, it turns into an ant. **Hello, ant!**

Glossary

larva—an insect at a stage between an egg and an adult

mound—a hill or pile; ants may make nests in tall mounds on the ground

nest—the home of an animal

queen ant—an ant that lays eggs

worker—an adult female ant that does not lay eggs; worker ants build nests, find food, and take care of young ants

Read More

Gray, Susan Heinrichs. *Ant.* Ann Arbor, Mich.: Cherry Lake Publishing, 2016.

Hansen, Grace. *Ants.* Minneapolis: ABDO Kids, 2015.

Schuh, Mari. *Ants.* Insect World. Minneapolis: Jump!, 2014.

Internet Sites

FactHound offers a safe, fun way to find Internet sites related to this book. All of the sites on FactHound have been researched by our staff.

Here's all you do:
Visit *www.facthound.com*
Type in this code: 9781515719366

Check out projects, games and lots more at
www.capstonekids.com

Critical Thinking
Using the Common Core

1. What are two places ants make nests?
   (Key Ideas and Details)

2. Name two jobs worker ants have. (Key Ideas and Details)

Index

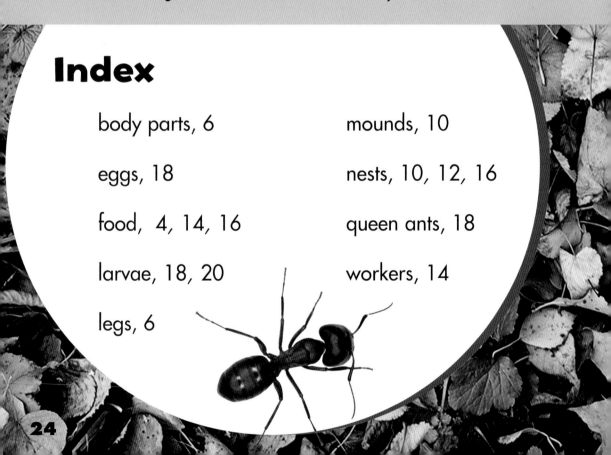